AF309805

FRAMÈS

PAR

CAMILLE DELTHIL

Avec une dédicace à M. Sainte-Beuve

de l'Académie française

PARIS

CHEZ TOUS LES LIBRAIRES

1866

FRAMÈS

PAR

CAMILLE DELTHIL

De l'arbre, avant le temps, j'ai fait tomber les fruits;
J'ai mis la hache au cœur et j'en sens la blessure
(Consolatious.)

PARIS

IMPRIMERIE POUPART-DAVYL ET C⁹

30, RUE DU BAC, 30

1866

A MONSIEUR C.-A. SAINTE-BEUVE

———

Doux m'est son souvenir. Plus de mille ans vivrais-je,
Je la verrais encore en robe de barége,
Les cheveux dénoués, sur l'épaule flottants,
Et j'entendrais toujours ses rhythmes que j'entends.

Les papillons nacrés, les lis couleur de neige,
Semblaient la saluer et lui faire cortége ;
Et les petits oiseaux, aux trilles éclatants,
Pour elle retrouvaient leurs chansons du printemps.

Au pays où fleurit la fiction sereine,
J'ai poursuivi longtemps cette adorable reine,
Fasciné par l'éclat de son regard vainqueur.

Elle vous apparut aussi jadis, poete,
La Muse des vingt ans qui met la flamme au cœur ;
Et pour vous, et pour nous, ce fut un jour de fête.

FRAMÈS

I

Sous les feux du couchant, quand l'horizon s'irise,

Avez-vous vu noyé dans une brume grise,

Avec ses hauts clochers, ses grands palais. ses tours,

Paris, ce vieux géant aux immenses contours;

Briarée aux cent bras, à la tête féconde,

Dont la prunelle ardente illumine le monde ?

Avez-vous entendu quel murmure grondeur,

S'échappe de son sein menaçant ou frondeur :

Et vous êtes-vous dit : ce qu'il faut au colosse

D'esclaves pour servir sa vanité féroce.

Ce qu'il faut de sang frais à ce grand débauché,

Pour ranimer son cœur que le vice a séché ;

Et vous êtes-vous dit : ce que coûtaient de vies

De grands hommes. ses faims de gloire inassouvies ?

Or, si la pâle peur ne vous a pas glacé,

Si vous avez crié, dans un rêve insensé :

Nous voulons affronter le monstre à face humaine,

Visiter l'antre où nuit et jour il se démène,

Et paladin obscur défier le hasard.

Vous irez à Paris planter votre étendard.

II

O ville des hauts faits, des vertus, des misères,

Pays du positif et des folles chimères :

Paradis des portiers, des vieillards libertins,

Des manieurs d'argent, des savants, des gandins ;

Mère des libertés et commère futile,

Toi qui mets le plaisant au-dessus de l'utile,

Qui railles le grand homme, applaudis l'histrion,

Ville où l'on meurt de faim faute d'un million ;

Oui, pour qui sent brûler un grand feu dans sa tête,

Pour ces amants du beau, l'artiste, le poëte.

Quel saint frémissement n'a-t-il pas excité

Ton redoutable aspect, dévorante cité !

III

Le vent du nord soufflait, on était en décembre.

A Paris, sous les toits, dans une étroite chambre.

Un jeune homme rêvait les pieds sur les chenets.

Le feu mourant de l'âtre allongeait ses reflets

Sur les murs délabrés de ce lieu misérable,

Où deux chaises, un lit de noyer, une table,

Servaient d'ameublement. Quelques bouquins poudreux,

Une tête de mort grimaçante, à l'œil creux,

Des plâtres, des fleurets, une armure gothique,

Prêtaient à ce logis un aspect romantique,

Dont un coup d'œil d'artiste aurait été séduit.

Le modeste habitant de ce triste réduit

Se nommait Guy Framès. C'était un gentilhomme

Né de sang béarnais, plein de bravoure comme

Le Cid Campéador, plus gueux que don César,

Aimant l'or, le soleil, la femme et le hasard.

Esprit enthousiaste et d'humeur peu chagriné,

Avec son beau profil, avec sa haute mine,

Framès aurait brillé, fils d'un prince, à la cour,

La poésie au front et dans le cœur l'amour.

Libre, fier, rayonnant en sa jeunesse blonde,

Gaîment il avançait dans le désert du monde.

IV

La porte du grenier s'ouvrit, un homme entra.

Un reflet du foyer vaguement l'éclaira.

C'était un petit vieux d'un aspect fantastique.

Tel qu'en rêvait Hoffmann, le rictus sarcastique,

Le nez et le menton crochu, l'œil d'un autour

Que surplombait un front sévère de contour.

Il portait un habit d'une coupe vulgaire,

On eût dit Méphisto dans le frac d'un notaire.

Sa main blanche et petite, une main de prélat,

Portait à l'annulaire un rubis dont l'éclat

Éclaira le logis pendant une seconde

Ou deux, on ne vit onc pareil rubis au monde.

Framès examina l'étrange visiteur.

Qui le salua d'un : « Votre humble serviteur. »

V

L'inconnu sans façon s'assit sur une chaise.

« Monsieur. lui dit Framès, peut-on, ne vous déplaise,

« Vous demander le but qui vous amène ici? »

Le vieillard caressa son menton aminci,

Puis il dit, d'une voix aigre et surnaturelle,

Pareille au grincement lointain d'une crécelle :

« Je suis ce que les sots appellent le Hasard,

« Je viens vous apporter un trésor. De ma part

« Ce n'est pas un bienfait. ce n'est pas une aumône,

« Je n'ai point de pitié, point de bonté, je donne ;

« Vous êtes par-devant notaire, bref voici :

« Votre grand-oncle est mort, vous héritez. — Merci,

Interrompit Framès, « vous parlez d'or, brave homme.

« Sans indiscrétion le nom dont on vous nomme? »

— « Voici ma carte, » dit le vieillard d'un air fier.

Framès lut : « Maître Old Nick, 3, barrière d'Enfer. »

VI

Ce drame qui commence ici-bas et s'achève

Derrière ce rideau que nul bras ne soulève,

La vie, est-elle un don du ciel? un châtiment?

Le doute sur nos cœurs pèse terriblement.

Naître, vivre, mourir, voilà le grand problème :

Et l'on a beau bâtir système sur système,

Pour savoir d'où l'on vient et puis où l'on ira,

Quel est le grand docteur qui le devinera ?

Discutez, combattez, entassez des volumes,

Usez votre cerveau. vos yeux, vos nerfs, vos plumes,

Et toujours à tàtons dans ces obscurités,

Vous tournerez sans fin, vibrions révoltés.

Qu'importe? il est bien doux de vivre quand on aime !

Dernière illusion, félicité suprême,

Fleur qui t'épanouis sous un ciel enchanté,

Hymne éternel, divin, par les anges chanté,

Amour! pourquoi fuis-tu d'un pas toujours rapide,

Et laisses-tu le cœur comme une lande aride

Où ne peuvent germer que les ronces du mal,

L'égoïsme cruel ou le dégoût fatal?

VII

Plus riche qu'un nabab du pays de Golconde,

Framès s'amouracha d'une adorable blonde,

Qu'un beau soir de première il vit à l'Opéra,

Et qui dans certain monde avait nom miss Cora.

C'était une beauté d'une élégance exquise,

Le pied cambré, la main petite, une marquise

De Lawrence, drapée avec un art divin

Dans ses riches atours de gaze et de satin.

Ses lèvres de carmin. ses épaules nacrées,

Son chatoyant regard aux flèches acérées,

Tout troublait, fascinait, et les tentations

Autour d'elle épandaient d'invisibles rayons.

VIII

Framès aima Cora d'un amour platonique.

Et ce fut là son tort. Dans un siècle impudique

Où tous les sentiments se vendent au rabais,

Aimer d'un tel amour, c'est le fait d'un dadais.

Or l'angélique miss, malgré son air de prude.

Certes eût préféré quelque homme à la voix rude.

Quelque lutteur de cirque au poil brun, aux bras forts,

Qui pût dans ses ardeurs ployer son frêle corps,

A ce bel amoureux, qui, d'un langage tendre,

La faisait voyager dans le pays de Tendre,

Au poëte rêveur, au chercheur d'idéal,

Qui, pour sa déité, dressait un piédestal.

Sous ces longs cils baissés. sous ce charmant sourire,

Couvait le monstrueux désir de l'hétaïre,

Dans ce corps délicat, si frais, si pur de ton.

Rampait une âme vile, une âme de goton.

IX

Qui peut te définir, bizarre créature?

Qui saurait pénétrer ta multiple nature?

Être mystérieux, né d'un impur limon.

As-tu le cœur de l'ange et l'esprit du démon?

C'est de bien et de mal que ta chair fut pétrie,

Ève n'est-elle pas femme comme Marie!

O païen qui jadis en termes méprisants,

Aux femmes refusas et raison et bon sens:

Ne tremblas-tu jamais devant une maîtresse,

Et les yeux éclatants des filles de la Grèce

N'altérèrent-ils point ton calme surhumain,

Ton cœur approuvait-il ce qu'écrivait ta main ?

Nous, ces Français légers, qu'un bout de jupe enflamme,

Sur un autel trop beau nous avons mis la femme,

Nous subissons ses goûts, son caprice fait loi.

Tout ce qu'elle babille est article de foi.

Nous avons lâchement abdiqué notre rôle.

C'est la femme aujourd'hui qui commande et contrôle.

Peuple de vert-galants, notre *amour-vanité*

A fait de Cendrillon une divinité.

X

Lorsque l'on s'est épris jeune ou vieux d'une belle,

Fût-elle réputée impure, abjecte, eût-elle

L'âme plus noire encor que ne l'a Belzébut,

Qu'importe à l'amoureux ? aimer, voilà le but.

Framès, sans être neuf, n'avait lu de la vie

Que la première page, et son ame ravie,

Comme un joyeux oiseau chantant le point du jour,

Entonnait l'hosannah de son premier amour.

Oh ! qui donc me rendra mon printemps ! ma maîtresse !

Moment du rendez-vous, moment de douce ivresse,

Tant que battra mon cœur, t'oublîrais-je jamais !

Blanche *innamorata,* toi qu'à vingt ans j'aimais;

Te souviens-tu parfois de ces heures joyeuses

Que nous avons vécu, là-bas, sous les yeuses?

Où sont nos longs baisers, où nos aveux tremblants?

Je vous vis l'an passé, mère de beaux enfants,

Au bras de votre époux oublieuse et charmée.

Ah! ne revoyons pas celle qui fut l'aimée!

Ne ravivons jamais les souvenirs éteints,

Et détournons les yeux des horizons lointains

Où le premier amour sans ombre qui le voile

Luit, rougeâtre incendie ou radieuse étoile.

XI

C'est l'heure du festin, vampire ténébreux !

Le corps est virginal, le sang est généreux,

Viens, les os craqueront sous ta lubrique étreinte,

La chair grésillera sous la brûlante empreinte

De tes rouges baisers, goule, tu compteras

Les râles, les soupirs, et tu t'enivreras.

Comme un succube ardent, Cora, sur sa victime,

Étancha cette soif des voluptés qu'anime

Le souffle impétueux des désirs renaissants.

L'amour pour cette impure était plaisir des sens.

Redoutables Circés, belles enchanteresses,

Qui changez en tourments d'ineffables caresses,

Vous qui pouvez loger par vos enchantements,

Dans un immonde corps l'âme de vos amants;

Sirènes au cœur faux, aux lèvres séduisantes,

Sorcières qui portez en vos gorges luisantes

Les prompts embrasements de l'impudicité,

Le Malin vous choisit pour peupler sa cité.

XII

O trop candide amant, dont le cœur tout en flamme

Tressaillait à ce mot plein d'énigmes, la femme!

Toi qui laissais mûrir ce sentiment divin,

L'amour de tes vingt ans, comme un fruit purpurin,

Que devait savourer la lèvre d'une amante,

Rougissante et troublée en sa pudeur charmante ;

Heurtant cette Phryné. chez qui la honte bout,

L'œil tourné vers le ciel tu plongeas dans l'égout.

Malheur à qui pourchasse un rêve poétique,

Quand le gros bon sens rit, d'un gros rire sceptique.

Lorsque Bottom, jaloux des grâces d'Ariel,

Proclame insolemment à la face du ciel

Une épicurienne et grossière maxime ;

Malheur à ce rêveur, à ce voyant sublime,

Qui part en souriant vers l'horizon lointain,

N'ayant pour éclairer son voyage incertain

Qu'un seul flambeau, l'amour ! la route est longue et nue,

Il fait noir, l'ouragan siffle et crève la nue ;

Si la torche s'éteint entre ses doigts fiévreux,

Il s'égare éperdu sous un ciel ténébreux.

XIII

L'on vit alors Framès, plein d'ardeur dévorante,

Mener avec fracas cette vie écœurante

De soupers fins, de bals, de courses, de paris,

Que mènent de nos jours les gandins de Paris.

Superbe conquérant dont l'humeur vagabonde,

Pour ravir un baiser. eût embrasé le monde,

Satanique railleur, dont les regards si doux

Faisaient pâmer d'amour Elvire à tes genoux;

Égoïste au cœur froid. à la bouche emmiellée,

Qui riais des ardeurs d'une amante affolée ;

Titan qui te jouais des colères du ciel,

Être fatal et beau fait d'amour et de fiel,

Dont le nom fait vibrer la lyre des poëtes

Et palpiter le cœur des femmes inquiètes ;

Toi qu'ont chanté Mozart, Hoffmann et lord Byron.

Toi, le vainqueur terrible et le hardi larron,

O don Juan ! tu n'es plus qu'un stupide bellâtre,

Singeant le grand seigneur sur un bouffon théâtre,

Tu n'es que le valet de celui qui fut roi.

Sganarelle aujourd'hui se gausserait de toi.

XIV

Les viveurs étaient las près des coupes vidées.

Sur de riches coussins, mollement accoudées,

De splendides beautés aux languissants regards,

La gorge demi-nue et les cheveux épars,

Rallumaient les désirs par leurs poses lascives.

L'ivresse avait pâli la face des convives.

Et ces fils de vingt ans, déjà vieux débauchés,

Semblaient de verts épis par l'ouragan fauchés.

Ce n'était point l'orgie à la verve stridente,

Que Balzac décrivit d'une plume mordante,

Mais l'orgie avinée et sentant les tripots,

Qui laisse bêtement l'esprit au fond des pots.

XV

Le punch flamba !... Soudain l'ardente bacchanale

D'un formidable bruit fit retentir la salle.

Ce furent des hoquets, des rires et des cris :

Les verres se choquaient dans un long cliquetis.

Ce fut un ouragan de terribles paroles,

De paris insensés et de promesses folles.

Une mer en fureur, un sabbat de démons.

On avait renvoyé tous les vils échansons,

On avait avec soin barricadé les portes,

On riait, on hurlait; quand parmi ces voix fortes

Une voix s'écria : « Framès nous chantera

« La chanson de l'orgie. » Alors on fit : Hurrah !

XVI

Framès, était-ce lui? se dressa comme une ombre,

Pâle, égaré, le front fatal, la face sombre,

Et vidant d'un seul trait sa coupe, l'œil moqueur,

Il entonna ce chant que répéta le chœur :

J'aime les rauques orgies,

Qui sur les nappes rougies

A la flamme des bougies

S'accoudent avec fracas.

Tu m'importunes, sagesse !

Rien n'est vrai que la jeunesse,

L'amour, le vin, la liesse,

Le reste ne compte pas.

Allons, ivresse. flamboie,

Gronde, pétille, foudroie :

Que les éclairs de ta joie

Illuminent mes refrains.

Narguant de Dieu le tonnerre,

Don Juan, lève ton verre.

Car jamais l'homme de pierre

Ne vient troubler nos festins.

Des battements de mains, un long vivat sonore,

Accueillirent ce chant. « Nymphes, qu'on le décore

« De guirlandes de fleurs, » glapit un libertin ;

« Bravo, Framès, bravo! c'est charmant, c'est divin ! »

Dans leurs bras parfumés les femmes l'enlacèrent,

Et, l'ayant couronné de roses, l'embrassèrent.

Mais lui, d'un geste brusque et fier les repoussant,

Avec force entonna ce couplet menaçant :

Saigne, mon cœur, lèvre, raille ;

Bouffon, que ta gorge braille,

Jusqu'à ce qu'elle s'éraille,

Des couplets désespérés :

Mais bientôt reprends ta lyre.

Poëte, et dans ton délire

Crache l'anathème et l'ire

Sur ces fronts dégénérés.

XVII

La lèvre du chanteur se crispa, son visage

Prit une expression de colère sauvage :

Puis il baissa la tête, et, comme un condamné

Qui connaît son arrêt, dit : « Je suis ruiné !

« C'est le dernier festin auquel je vous convie,

« Mes amis, nous avons mené joyeuse vie.

« Mais la farce est finie; allons, de ce palais

« Sortez, où je vous fais chasser par mes valets.

« Vous êtes des faquins, des debauchés vulgaires,

« Sans cœur, sans estomac, sans esprit : pauvres hères,

« Qui souillez les amours de vos malsains baisers

« Et qui n'avez pas d'ame en vos vieux corps usés ! »

— « Ah ! comme il prêche bien : qu'on apporte une chaire,

« Il fera des sermons contre la bonne chère ! »

— « Il divague ! » — « Il est fou ! » — « Son rire me fait peur !

— « Le diable en vieillissant se ferait-il censeur? »

— « Bien touché, compagnon, je bois à ta franchise ! »

— « Parbleu ! le voilà gris comme un chantre d'église ! »

— « Chasse tes cauchemars, te moques-tu de nous?

« Tes vieux vins sont exquis et nos baisers sont doux,

« Calme-toi donc, enfant; tiens, embrasse ma joue. »

— « Arrière ! » dit Framès, « arrière, ame de boue!

« Allons, ferme ! riez, raillez, vieux corrompus,

« Fronts où rien ne germa, cœurs qui ne battez plus :

« Riez jusques à l'heure où la mort, lourd squelette,

« De son pas solennel troublera votre fête...

« O roses des jardins ! gazouillis des ruisseaux,

« Frais ombrages des bois où chantaient les oiseaux,

« Tendres ressouvenirs d'une folâtre enfance,

« Venez-vous m'apporter le rameau d'espérance ?

« Non. — vous accourez tous, au bruit de ma douleur,

« Pour danser, spectres noirs, dans la nuit de mon cœur.

. . . .

Framès, les yeux voilés de sinistres nuées,

Chancela, puis tomba sous le bruit des huées ;

Et l'orgie, apaisée un instant, reparut

Avec des grondements de bête fauve en rut.

Sans ce triste hasard, nous nous
serions aimés.

Brizeux.

[

Sur les flancs d'un coteau riant et pittoresque,

Au fond du vieux Quercy, se dresse gigantesque

Un antique manoir par le temps respecté.

Les tours ont conservé leur sombre majesté,

Et jamais du maçon la truelle brutale

Ne racla de ses murs la mousse féodale.

Au loin, l'on aperçoit le miroir transparent

D'un fleuve au sinueux et rapide courant.

De sombres peupliers, bataillons immobiles,

Gardent depuis cent ans ses bords frais et tranquilles,

Exhalant au printemps l'odeur des fenaisons.

Dans un coin du tableau, quelques blanches maisons

Semblent escalader la côte ; un presbytère,

Sous les treillis en fleurs, se cache avec mystère.

Parfois le cri d'appel des robustes meuniers,

Les grelots des mulets, le chant des mariniers

Font retentir l'écho muet de ces rivages,

Et mugir les grands bœufs au fond des pâturages.

II

En ce bénin pays Framès s'est retiré.

Un pauvre médecin, un honnète curé,

Les seuls ètres humains d'aspect et de langage

Qu'il découvrit au fond de ce petit village,

Douce société, venait causer le soir

Dans le vaste salon du féodal manoir,

Où, spectateurs muets, quelques portraits antiques

Les regardaient du haut de leurs cadres gothiques.

Loin d'un air pestilent, parmi ces gens heureux,

Le jeune homme oubliait son passé ténébreux,

Et tel qu'un combattant après l'âpre mêlée,

Il se débarrassait de l'armure fêlée.

III

Or un jour qu'au hasard il allait devant lui,

Traînant ce lourd boulet qu'on appelle l'ennui.

Il vit : objet charmant, ravissante merveille,

Une enfant de seize ans assise sous la treille

De l'humble presbytère, asile vénéré

Jamais peintre divin, ni poëte inspiré,

N'ont rêvé dans leurs nuits pleines d'ardentes fièvres,

Plus de candeur au front, plus d'amour sur les lèvres.

Du blond soleil de mai quelques rayons joyeux

Descendaient sur son front en nimbe radieux.

Elle chantait un air mélancolique et tendre.

Quelque noël bien vieux. si naïf, qu'à l'entendre

Tous les petits oiseaux sans effroi l'écoutaient.

Des charmes tout-puissants aux grâces s'ajoutaient.

De ses fins cheveux d'or les boucles vagabondes

Roulaient sur son épaule en cascatelles blondes.

Ses grands yeux bleus brillaient comme ceux d'Ariel.

Tu l'as dit, il faudrait tremper dans l'arc-en-ciel

La plume, ô Diderot, pour peindre en traits de flamme

Cet être faible. fort, beau, terrible, la femme!

Femme! mot qui dit tout, douleurs du souvenir,

Félicité présente ou rêves d'avenir.

Mères, épouses, sœurs, suivant que l'on vous nomme.

C'est par vous que le cœur grandit, qu'on se fait homme.

Vous nous donnez la foi, l'amour et la fierté.

Sans vous plus de bonheur, d'espoir, ni de gaîté.

Sans vous tout se corrompt, tout s'éteint, tout s'affaisse.

Et pourtant j'ai médit de vous, je le confesse ;

Ingrat, j'ai renié l'amour au moins trois fois.

Mais je suis repentant, femmes, car je vous dois

Ces jours baignés de joie ou de mélancolie,

Dont le cœur se souvient. lorsque l'esprit oublie.

IV

Que ton pouvoir est grand, beauté. céleste bien !

L'épave que vomit le Strom parisien,

La jambe titubante et la lèvre pâlie,

Framès, le libertin tout barbouillé de lie,

Le sceptique Framès, devint l'admirateur

Du chef-d'œuvre ignoré, la nièce du pasteur.

Marie était le nom de cette fleur mystique,

Pure comme le lis merveilleux du cantique.

Les villageois l'aimaient et l'appelaient leur sœur,

Elle avait tout, beauté du corps, bonté du cœur.

V

Lorsque, au fond des déserts de l'ardente Syrie,

Échappant à la mort que le simoun charrie,

3

Le voyageur perdu dans le sable mouvant,

Les pieds ensanglantés, aveuglé par le vent,

L'écume sur la lèvre et la gorge altérée,

Aperçoit l'oasis longuement désirée,

Les gazons verdoyants sous les ombrages frais,

Les bambous élancés, les bananiers épais,

Les fruits mûrs suspendus en grappes savoureuses,

Et les fleurs du lotus et les citernes creuses,

Levant les bras au ciel, éclatant en sanglots,

Il se traîne mourant vers ces vivantes eaux.

Plus de morne horizón, de décevant mirage,

Un repos bienfaisant ranime son courage,

Il ne se souvient plus du mal qu'il a souffert.

Ah ! tu marchais aussi, Framès, dans un désert !

Parmi les désespoirs aux sombres solitudes,

Les désillusions, les tristes lassitudes.

Et les cuisants remords venus avant le temps,

Comme un désespéré tu traînais tes trente ans

Tu cherchais la fraîcheur des amours virginales :

Or, cette jeune enfant. aux grâces idéales,

Fut la verte oasis où tu crus retrouvés

Tous les bonheurs perdus, tous les bonheurs rêvés.

VI

« O toi qui fais pâlir l'étoile matinière,

« Toi dont les yeux d'azur m'inondent de lumière,

« Fée à la douce voix, délicate péri,

« Laisse-moi contempler d'un regard attendri

« Ces flots de cheveux blonds tombant sur ton épaule,

« Comme au bord d'un ruisseau le feuillage d'un saule.

« Laisse-moi m'enivrer de ce parfum d'amour

« Qu'exhale ta beauté, ton front au pur contour

« M'apparaît rayonnant d'une sainte auréole.

« C'est la rose embaumée entr'ouvrant sa corolle

« Aux brises du matin, quand ta bouche sourit,

« Et si ton sein gonflé se soulève sans bruit,

« Je crois voir au travers d'une gaze pudique

« Le paros éclatant d'une déesse antique. »

Ainsi parla Framès dans son ravissement,

Et l'enfant frémissait... d'un doux frémissement.

VII

Avez-vous vu, la nuit, une étoile brillante

Se détacher du ciel et filer scintillante,

Flèche d'or échappée au bras puissant de Dieu ?

Où s'en va-t-elle ainsi loin du firmament bleu ?

Que cherche-t-elle donc, errante, échevelée ?

Et ne vient-elle pas, amante immaculée,

Oublieuse à jamais des clartés de l'azur,

Apporter ses baisers à quelque monde obscur ?

Marie aima Framès ; c'est la loi des contraires,

L'attraction du gouffre aux effrayants mystères,

L'accouplement du vice avec la pureté.

Tel l'amour d'Éloa pour le Déshérité !

VIII

Souventes fois le soir, quand de teintes pourprées

Le couchant éclairait les plaines diaprées,

Que la brise courait dans les joyeux halliers,

Comme il leur était doux, sous les frais peupliers,

D'aller tous deux rêveurs et, la main dans la main,

De suivre, en s'égarant, un sinueux chemin !

La séve palpitait dans l'épaisseur des branches,

Les papillons dans l'air ouvraient leurs ailes blanches,

Le rossignol chantait l'amour au fond des bois,

Et la nature en fleur avec ses mille voix,

Vers les cieux azurés soupirant son poëme,

Leur disait : Aimez-vous ! c'est le temps où tout aime.

IX

Les ombres descendaient, quand le rêve avait lui.

Le passé de Framès se dressait devant lui.

— « Mes soleils sont éteints et ma nuit est épaisse. »

Disait-il, « qu'ai-je fait de ma sainte jeunesse ?

« J'ai traîné ma vertu, ce céleste manteau,

« Comme on traîne un haillon dans l'égout du ruisseau.

« J'ai vécu ! Je suis vieux ! Je ne crois plus au rêve.

« Mon cœur ressemble au tronc où ne vient plus la séve,

« Et j'irais aujourd'hui, tout fier de ce passé,

« T'offrir, ô vierge ! un corps de débauches lassé !

« Quel est le vieux lutin dont la malice enchaîne

« L'être brûlant d'amour à l'être que la haine

« Avant l'heure a glacé ? Quel barbare destin

« Les jette tous les deux sur le même chemin ?

« Lorsque de tes regards la lueur azurée

« Pénétrait dans mon ame aux désespoirs livrée.

« Jeune enfant, croyais-tu, dans ton illusion,

« Que je tressaillerais sous ce divin rayon !

« Fuis, espoir trompeur : fuis, rêve ou l'esprit s'égare.

« C'est un Dieu qu'il faudrait pour ranimer Lazare.

« La tombe, c'est la fraiche amante qui m'attend.

« Femme, n'approche pas d'un cadavre, — va-t'en :

« Mes baisers sont glacés et, sur mes lèvres blêmes,

« Les chastes mots d'amour sont d'horribles blasphèmes.

X

Marcher mort dans la vie, être jeune, être usé,

Être la lampe éteinte ou le ressort brisé,

Traîner un lourd remords au fond de sa poitrine,

Contempler tristement sa précoce ruine,

Entendre râler l'ame en sa prison de chair,

N'est-ce pas un tourment que réclame l'enfer

Dans les cercles obscurs de la fournaise ardente,

Où tu plongeas vivant, sombre poëte, Dante !

Bien long est le martyre, incurable le mal.

Le condamné, tourné vers l'horizon fatal,

Voit les cieux sans rayons, les horizons sans phare

Bientôt l'espoir s'éteint, bientôt l'esprit s'effare,

Il marche dans la nuit courbé sous les remords

Et, vivant, porte envie au long repos des morts.

Ces hommes sont nombreux : ils passent dans la foule

Qui loin d'eux et légère et railleuse s'écoule :

Mais nul ne leur tendra de secourables mains,

Et, pareils aux lépreux séparés des humains,

Tristes, ils s'en iront dans leurs décrépitudes

Ensevelir leur mal au fond des solitudes...

Alma parens.

I

Le mont est un Protée énorme, au front changeant.

Là, ce sont des forêts où croît le pin géant :

Ici, parmi les fleurs, une eau claire murmure,

Et les bouvreuils joyeux sifflent sous la ramure.

C'est un pays de fée, un Éden enchanté.

L'isard léger bondit sur le pic argenté,

Au loin, avec fracas, une cascade tombe,

Et dans l'azur où fuit la timide palombe,

L'aile étendue on voit un grand aigle glisser :

Décrire le tableau, c'est le rapetisser.

Pour le peindre, il faudrait la palette puissante

Du Lorrain, à la fois sévère et caressante.

Sur ce mont vivait seul, Framès. Lion blessé,

Traînant le plomb fatal dans les chairs enfoncé,

Il errait, il fuyait effaré vers les cimes.

Son âme s'enivrait de spectacles sublimes.

Ses regards, inondés de célestes clartés.

Se perdaient éblouis dans les immensités

Son esprit voyageait sur la croupe des nues,

Ivre de voluptés jusqu'alors inconnues.

Les splendeurs du couchant, l'aurore au front vermeil,

Les coteaux parsemés et d'ombre et de soleil,

Des scintillantes nuits le vague et doux murmure,

Tout l'emplissait de joie. — O nature ! ô nature !

Toi qui portes la vie en tes robustes seins,

Seule tu peux charmer ces vieux enfants malsains

Mordus par les remords, chargés de lourdes haines,

Qu'énervèrent trop tôt les passions humaines.

Loin des plaisirs trompeurs d'un monde sensuel,

Nature, auprès de toi l'on est plus près du ciel.

II

Parmi les genêts d'or où le ramier se pose,

Sous les gramens fleuris Framès en paix repose,

Le vieux pâtre naïf, de peau de bouc couvert,

Évite avec terreur ce coin de bois désert ;

Et parfois s'il entend à travers les ténèbres,

Lorsque le vent gémit, de longs soupirs funèbres,

Il dit crédulement, en se signant au front :

« C'est le sombre étranger qui revient sur le mont. »

PARIS. — IMP. POUPART-DAVYL ET COMP., RUE DU BAC, 30

9 782019 705510